韓國의 漢詩 14

梅窓 詩集

한국의 한시 14

梅窓 詩集

허경진 옮김

평민사

머 리 말

　조선조 시대에 수많은 여성 시인들이 있었고 그들이 남긴
시문집 또한 여러 권이나 되지만, 그들 가운데 규수 시인으로
는 역시 허난설헌을 으뜸으로 꼽을 테고, 기녀(妓女) 시인으로
는 황진이와 매창을 첫손에 꼽을 수 있다. 그러나 황진이의 작
품은 시조와 한시를 합쳐도 열 편이 채 안 되기에, 한 권의 시
선으로 묶을 수는 없었다. 그래서 규수 시인 가운데서는 난설
헌을, 기녀 시인 가운데서는 매창을 선정해서 각기 한 권의 시
선집으로 엮었다.

　매창이 아버지에게서 한문을 배웠다는 전설이 남아 있지만
역시 그가 받은 교육은 기생으로서의 자질이었기에, 그의 시에
서는 다른 여성들처럼 부덕(婦德)이라든가 모성(母性)이 드러
나지 않는다. 정상적인 가정을 이루고 한 지아비를 모실 수 없
었기에 오지 않는 님을 기다리며 외로운 세월을 보내야 했고,
「님 그리워 병 났어라」고 탄식할 수밖에 없었다. 그러한 시간
과 공간 속에서 눈물로 지어진 시들이 『매창집』 속에 실려 전
해진다.

　제사 지내 줄 자식이 없었기에 죽을 때에도 거문고와 함께
묻혔으며, 그의 시들도 기생들과 아전들의 입을 통해서만 전해
졌다. 그러나 그의 정념과 시를 사랑한 여인들에 의해서 공동
묘지 매창이뜸에는 해마다 제사가 받들어졌고, 시집도 부안현
의 아전들에 의해서 출간되었다. 돈 많은 양반들이야 그를 한

때의 노리개로 삼았을 뿐이었겠지만, 그들에게 눌려 지내던 기생과 아전들은 정념의 시인 매창을 제대로 평가했던 것이다.

여자가 인간답게 살기 힘들었던 그 시대였지만, 이귀(李貴) 같은 고관이라든가, 유희경(劉希慶)·허균(許筠) 같은 시인들이 그를 제대로 알아주고 깊이 사귀었다. 사백 년 전의 그들뿐만이 아니라 요즘의 독자들에게도 그의 시를 읽어 주고 함께 아끼고픈 마음이 들어서, 『매창집』을 한시총서의 1차로 내놓게 되었다.

이 시선집은 『매창집』에 실린 시를 모두 번역하였지만, 같은 제목의 연시(連詩) 또는 긴 시들이 뒷장으로 넘어가는 것을 피하기 위해 임의로 편집하였다. 다만, 가장 끝에 실려 있던 「윤공비(尹公碑)」는 그의 시가 아니라고 생각되어 제외하였다. 2부에서는 다른 시인들이 그를 위해 지어준 시들을 엮었다.

매창과 같은 고향인 부안 출생의 신석정 시인이 『매창시집』(1958.6 낭주문화사)을 한글·한문 대역(對譯)으로 발간했다지만, 참고할 수가 없었다. 몇 편의 시화 외에는 김지용 교수의 「매창문학연구」와 전원범 선생의 「매창연구」가 도움이 되었다.

『매창집』 원본이 국내에는 한두 가지 밖에 없어서 번역과정에 애를 먹었다. 마침 허미자 교수님의 도움을 얻어 하버드대학 도서관에 소장되어 있는 『매창집』을 복사해 올 수 있었다. 이 자리를 빌어서 감사를 드린다.

1986년 2월 22일
허경진

개정판 머리말

『매창집』을 처음 번역 출판할 때에 긴 시의 페이지가 넘어가는 것을 피하기 위해 목차 그대로 편집하지 못했던 것이 두고두고 후회가 되었다. 마침 『매창평전』을 집필하며 그의 시를 다시 읽어보다가 몇 군데 고치게 되었기에, 번역만 고칠 게 아니라 편집까지 원본 그대로 수정하기로 했다.

제목도 『매창시선』이 아니라 『매창시집』으로 고쳤다. 다른 분들의 시집은 분량이 많아 골라 뽑았지만, 『매창집』의 시는 58수밖에 되지 않아 모두 번역했기 때문이다.

부안을 두어 차례 다시 답사하며, 어수대나 월명암, 직소폭포 등을 찾아 매창 시에 나타난 글자의 의미도 되새겨 보았다. 「등어수대(登御水臺)」의 첫 구절을 고친 것도 전설을 문헌에서 찾아냈기 때문이다.

개정판 『매창집』에서 가장 내세울 점은 부안지방에 대대로 살아오던 진주 김씨 문중에 전해왔던 필사본 『매창집』을 참조했다는 것이다. 김정환(金鼎桓 1774~1822)이 1807년에 필사한 이 시집에는 「등용안대(登龍安臺)」라는 시가 「정한순찰(呈韓巡察)」이라는 제목으로 실려 창작 배경이라든가 의미를 정확하게 파악할 수 있고, 전라관찰사 한준겸과 주고받은 시도 더 실려 있다.

매창이 세상을 떠난 지 58년 뒤에 부안현 아전들이 58수의 시를 편집해 개암사라는 절에서 목판본을 간행한 것도 뜻 싶은 일이지만, 목판본 글자가 뭉개질 정도로 찍어도 공급이 딸리자 매창의 시를 사랑하던 부안 선비들이 필사해서 읽었다는 증거를 김정환의 필사본에서 확인했기에 더욱 감명 깊다. 부안 서림공원 한편에는 「백운사(白雲寺)」라는 시가 매창시비에 새겨져 있는데, 이 시는 김정환의 필사본 마지막 장에도 실려 있다. 그러나 이 시에는 '평양기(平壤妓)'라는 이름으로 실렸으며, "평양 기생의 「백운사(白雲寺)」, 계생의 「취객(醉客)」, 김이중(金而重)의 「만세루(萬歲樓)」 운은 삼기절(三奇絕)이라 할 만하므로 덧붙인다"고 사연을 밝혔다. 김이중의 시 「만세루」는 부안 내소사 만세루에 걸려 있던 시인데, 김정환 시대에 이 시 3수가 부안 사람들에게 널리 외워 전해지다가 언제부턴가 「백운사」 시가 매창의 작품으로 잘못 전해진 듯하다.   매창시집 개정판과 평전을 함께 내며 매창과 주고받은 당대 시인들의 시를 몇 편 찾아냈다. 이번 개정판에 부안현감 심광세, 무장현감 임서 등이 매창에게 지어준 시를 소개한 것도 그 덕분이다.

매창을 사랑하는 부안의 여러분들, 특히 대를 이어 매창 사랑을 가업으로 계승한 낭주학회 김석성 이사장과 부안문화원 김원철 원장, 김경성 국장께 감사드린다. 원고를 새로 입력해 준 곽미선 선생께도 감사드린다.

2007년 9월 추석날
허경진

매창을 위하여

부록

헤어지면서 드림

나에겐 그 옛날 진나라의 쟁(箏)이[1] 있어
한 번 타면 백 가지 감회가 일어나네.
세상에는 이 곡조 아는 이 없기에
머언 옛적 왕자교의[2] 생황에다 화답하리라.

贈別

我有古秦箏, 一彈百感生.
世無知此曲, 遙和緱山笙.

■
1. 가야금도 중국 악부의 쟁을 본받아 만들었다. 『풍속통』에 "쟁은 진
나라 음악이다"라고 하였다. 『석명(釋名)』에는 "쟁은 줄을 높이 매어 소
리가 쟁쟁하며, 병주(幷州)와 양주(梁州), 두 주의 쟁은 모습이 슬(瑟)과
같다"고 하였다.
부현(傅玄)이 이렇게 말했다.
"위가 둥근 것은 하늘을 상징하고, 아래가 평평한 것은 땅을 상징한다.
가운데가 빈 것은 천지와 사방을 본뜨고, 줄과 기둥은 12달에 비겼으
니, 이는 곧 인(仁)과 지(智)의 악기이다."
완우는 이렇게 말했다. "쟁은 길이가 6자이니, 음률의 수에 맞춘 것이
다. 줄이 12개가 있는 것은 사철을 상징하고, 기둥의 높이가 3치인 것
은 하늘과 땅, 사람을 상징한다." 『삼국사기』 권32 「악(樂)」
2. 주나라 영왕(靈王)의 태자 진(晉). 솔직하게 간하다가 폐하여 서민이
되었다. 생황을 잘 불어서 봉황의 울음소리까지 내었다. 부구(浮丘)선인
과 만나서 30여년이나 숭고산에 노닐다가, 구씨산(緱氏山) 마루에서 흰
학을 타고 신선이 되어 하늘에 올랐다고 전해진다.

내 신세를 한탄하며

봄날이 차서 엷은 옷을 꿰매는데
사창에는 햇빛이 비치고 있네.
머리[1] 숙여 손길 가는 대로 맡긴 채
구슬 같은 눈물이 실과 바늘 적시누나.

自恨

春冷補寒衣, 紗窓日照時.
低顔信手處, 珠淚滴針絲.

거문고를 타면서

몇 해 동안이나 비바람 소리를 내었던가
여지껏 지녀 온 작은 거문고.
외로운 난새의[1] 노랠랑 뜯지를 말자더니,
끝내 「백두음」[2] 가락을 스스로 지어서 타네.

彈琴

幾歲鳴風雨, 今來一短琴.
莫彈孤鸞曲, 終作白頭吟.

■
1. 푸른 봉황을 난(鸞)이라고 한다. 난새는 제 짝이 있어야만 기뻐하므로, 짝 잃은 난새가 거울을 보면 짝인 줄 알고 춤을 춘다.
2. 사마상여(司馬相如)가 장차 무릉의 여인을 첩으로 데려오려고 하였다. 그 아내 탁문군(卓文君)이 「백두음」을 지어서 스스로 부부관계를 끊으려고 하자, 사마상여가 이에 첩 데려오기를 그만두었다. 그 뒤로도 흰 머리로는 헤어질 수 없다는 아내의 마음과 두 마음 가진 남편 때문에 안타까워하는 아내의 마음을 주제로 여러 편의 「백두음」이 지어졌다.

님을 찾아서

1.

가련키도 해라 동해로 흐르는 물이여
그 언제나 서북으로 흘러 볼 건가.
배 세우고 노래 한 가락 부르며
술잔을 들고 옛 놀던 일 생각하네.

尋眞

可憐東海水, 何時西北流.
停舟歌一曲, 把酒憶舊遊.

2.

바위 아래다 목란 배를 매고서
구슬처럼 흐르는 물결 바라보며 즐기네.
천년 옛날부터 이름난 이곳
모래밭의 물새들만 한가로이 노니누나.

又

巖下繫蘭舟, 耽看碧玉流.
千年名勝地, 沙鳥等閑遊.

3.
먼 산은 푸른빛 하늘 높이 떠 있고
버드나무 강 언덕은 안개 속에 잠겼어라.
푸른 깃발 펄럭이는 곳 그 어디멘가
고깃배는 살구꽃 핀 마을로[1] 다가가네.

又

遠山浮翠色, 柳岸暗烟霞.
何處靑旗在, 漁舟近杏花

■
1. 행화촌은 '살구꽃 핀 마을'이란 뜻이다. 커다란 살구나무가 있어서
이런 이름이 붙은 마을도 많겠지만, 행화촌은 한시에서 흔히 술집으로
비유된다. 두목(杜牧)이 지은 「청명시(淸明詩)」에서 "술집이 어디쯤 있
나 물었더니, 살구꽃 핀 마을을 목동이 가리키네[借問酒家何處有, 牧童
遙指杏花村]"이라는 구절이 유명해지면서, 원래는 봄경치를 뜻하던 행
화촌이 술집을 뜻하게 되었다.

봄날의 그리움

삼월이라 동녘바람이 불어
곳곳마다 꽃이 져 흩날리네.
거문고[1] 뜯으며 임 그리워 노래해도
강남으로 가신 님은 돌아오시질 않네.

春思
東風三月時, 處處落花飛.
綠綺相思曲, 江南人未歸.

<hr />

1. 원문의 녹기(綠綺)는 한나라 양왕이 「옥여의부(玉如意賦)」를 지은 사마상여에게 상으로 내려준 금(琴)의 이름인데, 후대에는 녹기, 또는 녹기금이라 하여 금(琴)을 두루 가리키는 말로 쓰였다.

혼자서 마음 상해라

1.
삼년이나 서울을 꿈꾸었지만
호남에는 또다시 봄이 왔구나.
황금 때문에 옛마음 저버리고
한밤중 나 혼자서 마음만 상해라.

自傷
京洛三年夢, 湖南又一春.
黃金移古意, 中夜獨傷神.

2.
서울에서 왔다는 풍류 나그네
맑은 얘기 주고받은 지 오래 됐는데
오늘 아침 마음 바꿔 헤어지자니
술잔은 올리지만 애끊어지네.

又
洛下風流客, 淸談交契長.
今日飜成別, 離盃暗斷腸.

3.
한 조각 무지갯빛 꿈
깨고 나니 수심만 가득해,
즐기던 그곳 양대는[1] 어디에 있는지
날 저무니 속에선 수심만 가득해라.

又

一片彩雲夢, 覺來萬念差.
陽臺何處是, 日暮暗愁多.

4.
부귀영화 꿈꾸다가[2] 놀라 깨고는
'길 가기 어려워라'[3] 나직이 읊어 보네.
우리 집 처마 위에 앉은 제비가
어느 날에 우리 님 돌아온다고 알려 주려나.

又

驚覺夢邯鄲, 沉吟行路難.
我家樑上燕, 應喚主人還.

■

1. 예전에 선왕(先王, 초나라 회왕)이 한번은 고당(高唐)에 놀러갔다가 나른해져 낮잠을 자는데, 꿈에 한 부인이 나타나서 말하였다. "첩은 무산의 선녀인데 고당의 나그네가 되었습니다. 임금께서 고당에 놀러 오셨다는 소식을 들었으니 잠자리를 모시고 싶습니다." 왕이 그래서 그를 사랑하자, 그 선녀가 떠나면서 말하였다. "첩은 무산의 남쪽, 고구의 험한 산에 있습니다. 아침에는 구름이 되고, 저녁에는 비가 되어, 아침저녁마다 양대 아래에 있겠습니다." - 송옥(宋玉)「고당부(高唐賦)」
이 시에서는 서울의 풍류객과 사랑을 즐기던 곳을 가리킨다.
2. 가난한 소년 노생(盧生)이 한단(邯鄲) 주막에서 도사 여옹(呂翁)의 베개를 빌어서 잠이 들었다. 그는 이 잠속에서 부귀영화를 누리며 여든 살까지 잘 사는 꿈을 꾸었다. 깨고보니 아까 주인이 짓던 좁쌀밥이 아직도 익지 않았다.
3. 백거이(白居易)의 시「태항로(太行路)」에, "길 가기 어렵네. 산보다 어렵고, 물보다 험하네[行路難, 難於山, 險於水]"라고 하였다.『악부』가사에「행로난」이라는 제목이 많은데, 이백이 지은「행로난」이 가장 유명하다.

강가 정자에 올라

사면 들판에 가을빛이 좋기로
혼자서 강 언덕 정자에 올랐더니,
어디서 온 풍류객인지
술병을 들고 날 찾아오네.

江臺卽事

四野秋光好, 獨登江上臺.
風流何處客, 携酒訪余來.

한스러워라

1.
동풍 불며 밤새도록 비가 오더니
버들잎과 매화가 다투어 피었구나.
이 좋은 봄날에 가장 견디기 어려운 것은
술잔 앞에 놓고 임과 헤어지는 일이지.

自恨
東風一夜雨, 柳與梅爭春.
對此最難堪, 樽前惜別人.

2.
마음속에 맺힌 정을 말하지 못하니
꿈꾸는 듯도 하고 바보가 된 듯도 해라.
거문고를 안고서 「강남곡」 타 본다지만
이 내 심사 들어줄 사람도 없네.

又
含情還不語, 如夢復如癡.
綠綺江南曲, 無人問所思.

3.
버들엔 푸르스름 안개가 끼고
꽃잎도 붉으스름 안개에 눌렸네.
나무꾼의 노래가 멀리서 메아리쳐 오고
고기잡이의 피리소리는 저녁놀 속에 스러지네.

又

翠暗籠烟柳, 紅迷霧壓花.
山歌遙響處, 漁笛夕陽斜.

어수대에 올라서

왕이 천년 전에 계시던 절터엔
겨우 어수대만[1] 남았구나.
지나간 옛일을 누구에게 물으랴
바람맞으며 서서 학만 불러 보네.

登御水臺

王在千年寺, 空餘御水臺.
往事憑誰問, 臨風喚鶴來.

■

1. 영은암이라는 작은 암자가 있는데, 사면이 모두 층암절벽인 그 사이
에 끼어 있다. 암자 오른쪽 기슭으로 벼랑을 타고 올라가 5~6리쯤 더
가면 석자사(釋慈寺)에 이르는데, 돌길이 가파르고 높은 봉우리가 까마
득하다. 절이 높은 산마루에 자리 잡았는데, 앞에는 절벽이 치솟았고,
아래로는 땅이 보이지 않는다. 그 위가 넓고 평평해서 몇 백 명이 앉을
만한데, 이름이 어수대(御水臺)라고 한다. 세상에 전하기를 "신라왕이
이 절에 와서 놀다가 이 언덕 위에 머물러 3년 동안 돌아가지 않았으므
로 어수대라 불렸다"고 한다. 그러나 우리나라 문헌들이 다 망실되고,
이 같은 이야기는 호사자도 전하는 게 없으니, 고증할 길이 없다. - 심
광세 「유변산록(遊邊山錄)」
허균의 처족인 부안현감 심광세가 1607년 5월에 변산 일대를 노닐다가
어수대에 올라가 쓴 글이다. 매창이 이때 따라갔다는 기록은 없다.

님 그리워 병 났어라

1.
봄날 탓으로 걸린 병이 아니라
오로지 님 그리워 생긴 병이라오.
티끌 덮인 이 세상엔 괴로움도 많지만
외로운 학이 되었기에 돌아갈 수도 없어라.

病中
不是傷春病, 只因憶玉郞.
塵寰多苦累, 孤鶴未歸情.

2.
잘못은 없다지만 뜬소문 도니[1]
여러 사람 입들이 무섭기만 해라.
시름과 한스러움 날로 그지없으니
병난 김에 차라리 사립문 닫아 걸리라.

又
誤被浮虛說, 還爲衆口喧.
空將愁與恨, 抱病掩柴門.

■
1. "계랑이 달을 바라보면서 거문고를 뜯으며 「산자고(山鷓鴣)」의 노래를 불렀다니, 어찌 그윽하고 한가로운 곳에서 부르지 않고 윤공의 비석 앞에서 불러 남들의 놀림거리가 되었소? 석 자 비석에서 시를 더럽혔다니 이는 낭의 잘못이오. 그 놀림이 곧 나에게 돌아왔으니 정말 억울하외다. 요즘도 참선을 하시는지. 그리움이 더욱 사무친다오."

허균이 1609년 정월 매창에게 보낸 편지이다. 계랑이 윤공의 비석 앞에서 지었다는 시가 『매창집』에 실려 전하는데, 매창의 시가 아니라 허균의 친구인 이원형의 시이다. 편지를 보내게 된 사연과 그 시의 작가 고증은 이 책의 부록에 실었다.

취한 손님에게

취한 손님이 명주 저고리를 잡으니
명주 저고리가 손길을 따라 찢어졌네.
명주 저고리 하나쯤이야 아쉬울 게 없지만
임이 주신 은정까지도 찢어졌을까 두렵네.

贈醉客

醉客執羅衫, 羅衫隨手裂.
不惜一羅衫, 但恐恩情絶.

옛님을 그리워하며

소나무처럼 늘 푸르자 맹세했던 날
우리의 사랑은 바닷속처럼 깊기만 했네.
강 건너 파랑새[1] 소식도 끊어졌으니
밤마다 아픈 마음을 나 홀로 어이할 거나.

故人

松柏芳盟日,　恩情與海深.
江南靑鳥斷,　中夜獨傷心.

■
1. 서왕모가 책상에 기대어 있는데, 머리꾸미개를 꽂고 있다. 그 남쪽에
파랑새 세 마리가 있는데, 서왕모를 위해서 음식을 날라 주었다. 곤륜허
(昆侖虛)의 북쪽에 있다. ─『산해경(山海經)』「해내북경(海內北經)」
청조(靑鳥)는 발이 셋 달린 새인데, 서왕모의 사자이다. 요지에 잔치가
열리면 파랑새가 다니면서 연락하였다. 그 뒤부터는 사자(使者)를 청조
(靑鳥)라고도 하였다. 이 시에서는 강남으로 떠난 님이 소식도 없다는
뜻으로 썼다.

배를 띄우고서

들쑥날쑥 산 그림자 강물결에 어리고
수양버들 천 가닥이 주막을 덮었구나.
작은 물결 바람결에도 자던 백로가 놀라 깨고
고기잡이 말소리가 안개 너머에서 들려오네.

泛舟

參差山影倒江波. 垂柳千絲掩酒家.
輕浪風生眠鷺起, 漁舟人語隔烟霞.

그네

아름다운 두 여인 선녀런가 사람이런가[1]
푸른 버들 그늘에서 다투어 그네 뛰네.
허리에 찬 노리개 소리가 구름 너머까지 들려서
마치 용을 타고서 푸른 하늘에 오르는 듯해라.

鞦韆

兩兩佳人學半仙. 綠楊陰裡競鞦韆.
佩環遙響浮雲外, 却訝乘龍上碧天.

■
1. 원문의 반선(半仙)은 '반쯤 신선이 된 사람'인데, 그네를 뛰는 사람을
가리킨다. 그네에 올라타면 신선이 산다는 하늘을 오르내리기 때문이다.

봄날의 시름

1.
긴 뚝 위의 봄풀 빛이 너무나 쓸쓸해서
옛님이 오시다가 '길 잃었나' 하시겠네.
예전에 꽃 만발해 같이 즐기던 곳도
산에 가득 달만 비추고 두견새만 우는구나.

春愁

長堤春草色凄凄.　舊客還來思欲迷.
故國繁華同樂處,　滿山明月杜鵑啼.

2.

지난해 오늘 저녁 요지의[1] 잔치에서
이 몸은 술잔 앞에 춤까지 추었지.
선성의 옛님은[2] 지금 어디 계시고
꽃잎만 그 봄인 양 섬돌 위에 깔렸네.

又

曾年此夕瑤池會. 我是樽前歌舞人.
宣城舊主今安在, 一砌殘花昔日春.

■
1. 곤륜산에 있다는 전설상의 연못인데, 서왕모가 살던 곳이라고 한다.
후대에는 아름다운 연못이나 잔치를 가리키는 말로 쓰였다.
2. 선성군수를 지낸 남조(南朝) 제나라의 사조(謝脁)를 가리키는데, 이
시에서는 풍류를 즐겼던 전임 현감을 뜻한다. 「윤공비」의 주인공인 윤
선(尹鐥 1559~1639)을 가리키는 듯하다.

가을밤

이슬 젖은 푸른 하늘엔 별들이 흩어지고
기러기는 울면서 구름 끝을 나르네.
매화 가지에 걸렸던 달이 난간까지 오도록
거문고로 달래보지만 잠은 오지 않아라.

秋夜

露濕靑空星散天. 一聲叫鴈塞雲邊.
梅梢淡月移欄檻, 彈罷瑤箏眠未眠.

거문고를 타면서

거문고로 속마음을 하소연해도 누가 가엾게 여기랴.
만 가지 원한 천 가지 시름이 이 한 곡조에 들었다오.
「강남곡」을 다시 타는 동안 봄도 저물어 가는데
고개 돌려 봄바람에 우는 짓은 차마 못하겠네.

彈琴

誰憐綠綺訴丹衷. 萬恨千愁一曲中.
重奏江南春欲暮, 不堪回首泣東風.

규중에서 서러워하네

1.
배꽃 눈부시게 피고 두견새도 우는 밤
뜰에 가득 달빛[1] 어려 더욱 서러워라.
꿈에나 만나려도 잠마저 오지 않고
일어나 매화 핀 창가에 기대니 새벽닭[2]이 울어라.

閨中怨
瓊苑梨花杜宇啼. 滿庭蟾影更凄凄.
相思欲夢還無寐, 起倚梅窓聽五鷄.

1. 유궁(有窮)의 후예(后羿)가 서왕모에게 불사약을 청하였다. 그런데 그의 아내 항아(嫦娥)가 이를 훔쳐 가지고 달로 달아나 버렸다. 항아가 떠나면서 무당 유황(有黃)에게 점을 쳤는데, 유황이 이렇게 점괘를 일러 주었다.
"길하도다. 펄펄 나는 귀매(歸妹)로다. 장차 홀로 서쪽으로 가서 하늘 속의 회망(晦芒 어둠)을 만나리라. 두려워할 것도 없고, 놀랄 것도 없다. 뒤에 장차 크게 창성하리라."
항아는 드디어 달에게 자기 몸을 맡겼다. 이것이 바로 섬저(蟾蠩), 즉 달 속의 두꺼비이다. - 간보 『수신기(搜神記)』
원문의 섬영(蟾影)을 직역하면 두꺼비 그림자이지만, 달빛, 또는 달이란 뜻으로 쓴다.

2.
대숲엔 봄이 깊고 날 밝기는 멀었는데
사람도 없는 뜨락에 꽃잎만 흩날려라.
거문고 빗겨 안고 강남 가신 님 노래를 뜯으며
끝없는 시름으로 한 편의 시를 이루었어라.

又

竹院春深曙色遲. 小庭人寂落花飛.
瑤箏彈罷江南曲, 萬斛愁懷一片詩.

2. 새벽닭의 원문은 오계(五鷄)인데, 오경계(五更鷄)의 준말이다. 오경이
란 하룻밤을 다섯으로 나눈 시각의 통칭이니, 초경, 이경, 삼경, 사경,
오경을 모두 합한 용어이다. 물론 이 가운데 다섯 번째 시간인 오전 4
시 전후를 가리켜 오경이라고도 한다. 오경계를 오시계(五時鷄)라고도
하는데, 1경부터 5경까지 시각에 맞추어 우는 닭을 가리킨다. 한나라
곽헌(郭憲)이 쓴 『동명기(洞冥記)』에 처음 소개되었다.

시름겨워서

1.

비 뒤에 찬바람이 댓잎자리에 들고
한 바퀴 밝은 달은 다락 머리에 걸렸어라.
외로운 방에선 밤새도록 귀뚜리까지 울어
이 내 마음 부서지고 시름만 가득 쌓이네.

愁思
雨後涼風玉簟秋. 一輪明月掛樓頭.
洞房終夜寒蛩響, 擣盡中腸萬斛愁.

2.

떠돌며 밥 얻어먹기를 평생 부끄럽게 여기고
차가운 매화 가지에 비치는 달을 홀로 사랑했었지.
고요히 살려는 나의 뜻 세상 사람들은 알지 못하고
제멋대로 손가락질하며 잘못 알고 있어라.

又
平生恥學食東家. 獨愛寒梅映月斜.
時人不識幽閑意, 指點行人枉自多.

이른 가을

산마다 나무마다 잎이 막 흩날리고
노을 속에 기러기는 남으로 울며 가네.
피리 소리 길게 끌며 어디서 부는 건가
고향길 나그네는 눈물이 옷을 적셔라.

早秋
千山萬樹葉初飛. 鴈叫南天帶落暉.
長笛一聲何處是, 楚鄉歸客淚添衣.

봄날의 시름

뜨락에 봄이 깊어 새소리 들리기에
눈물에 얼룩진 화장 얼굴로 사창을 걷었네.
거문고를 끌어다가 「상사곡」을 뜯고나자
동풍에 꽃이 지고 제비들만 비껴 나네.[1]

春怨

竹院春深鳥語多. 殘粧含淚捲窓紗.
瑤琴彈罷相思曲, 花落東風燕子斜.

■
1. 이 시는 매창이 즐겨 쓰던 글자가 가장 많이 나타난 시이다. 가운(歌韻)의 다(多)·사(紗)·사(斜)를 운으로 쓴 것이라든지, 춘(春)·장(粧)·누(淚)·창(窓)·금(琴)·탄(彈)·화(花)·락(落)·풍(風)자가 모두 즐겨 쓴 글자들이고, 「상사곡」도 즐겨 부른 노래이다. 매창의 모습을 가장 잘 나타낸 시라고 볼 수 있다. 그랬기에 부안현감 심광세(沈光世 1577~1624)도 이 시에 차운해 지었을 것이다. 심광세가 지은 시는 다음과 같다.

　시름겨워 꿈도 자주 깨니
　화장 얼룩진 눈물이 베개를 적시네.
　땅에 가득 꽃잎 떨어지며 봄빛도 떠나가자
　발 사이로 가랑비 내리고 향 연기 피어오르네.

　閒愁壓夢覺偏多. 粧淚盈盈濕枕紗.
　滿地落花春色去, 一簾微雨篆烟斜.

심광세의 문집인 『휴옹집(休翁集)』에 실려 있는 이 시의 제목은 「차계 랑운(次桂娘韻)」이니, 매창이 먼저 지은 시에 심광세가 차운한 형식이 다. 제목에 "부안시기(扶安詩妓)"라는 주석이 덧붙어 있는데, 운자만 가 져다 쓴 게 아니라 시도 매창에게서 벗어나지 못했다. 심광세가 1607 년에 부임해 1608년에 파직되었으니, 매창이 35~6세에 지은 시이다. 세상을 떠나기 직전에도 활발하게 창작했음을 알 수 있다.

가을날에 님 그리워하며

어젯밤 찬 서리에 기러기가 울어예니
님의 옷 다듬질하던 아낙네는 남몰래 다락에 올랐네.
하늘 끝까지 가신 님은 편지[1] 한 장도 없으니,
높다란 난간에 홀로 기대인 채 남모를 시름만 그지없어라.

秋思

昨夜淸霜鴈叫秋. 擣衣征婦隱登樓.
天涯尺素無緣見, 獨倚危欄暗結愁.

---

1. 원문의 소(素)는 흰 편지지이니, 척소(尺素)는 한 자 남짓 되는 편지
를 가리킨다.

기박한 운명을 스스로 한탄하다

세상 사람들은 피리를 좋아하지만 나는 거문고를 타네.
세상 길 가기 어려움을 오늘에야 비로소 알겠노라.
발 잘려 세 번이나 부끄러움 당하고도[1] 끝내 임자를 만나지 못해,
아직도 옥덩이를 붙안고 형산에서 우노라.

自恨薄命
擧世好竽我操瑟, 此日方知行路難.
刖足三慙猶未遇, 還將璞玉泣荊山

■
1. 초나라 사람 변화(卞和)가 초산에서 옥덩이를 주워 여왕(厲王)에게 바쳤다. 여왕은 옥인(玉人)을 시켜 감정케 했는데, 옥인은 그것이 돌이라고 말했다. 여왕은 화씨가 자기를 속였다고 생각하여 그 왼쪽 발을 자르게 했다. 여왕이 죽고 무왕(武王)이 즉위하자 화씨는 또 그 옥덩이를 바쳤다. 무왕이 옥인에게 감정케 하였는데 이번에도 또 돌이라고 하였다. 무왕은 화가 자기를 속였다고 하여 그 오른쪽 발을 자르게 하였다. 무왕이 죽고 문왕(文王)이 즉위하자 화는 그 옥덩이를 끌어안고 초산 아래에서 사흘 밤낮을 통곡하였다. 눈물이 다 마르자 핏물을 흘리며 울었다. 왕이 그 소식을 듣고는 사람을 시켜서 그 까닭을 묻게 했다. 화가 대답했다. "저는 발 잘린 것을 슬퍼하는 게 아니라 보옥에다 돌이라고 이름 붙여 준 것을 슬퍼합니다. 곧은 선비를 거짓말쟁이라고 하니, 이것이 바로 제가 슬퍼하는 까닭입니다." 문왕이 옥인을 시켜서 그 옥덩이를 다듬게 하여 보물을 얻었다.

시름을 쓰다

눈보라 어수선히 매화 핀 창을 두드려
그리움과 시름이 이 밤 따라 더해라.
구씨산 달빛 아래 다시 태어난다면
봉황 타고 퉁소 불며 그대를 만나리라.

記懷

梅窓風雪共蕭蕭. 暗恨幽愁倍此宵.
他世緱山明月下, 鳳簫相訪彩雲軿.

밤중에 앉아서

1.

서창 대나무에 달 그림자 너울거리고
복사꽃 핀 뜨락에는 떨어진 꽃잎 춤을 추네.
홀로 난간에 기대 잠도 꿈도 못 이루는데
마름 따는 노래만[1] 멀리 강가에서 들려오네.

夜坐

西窓竹月影婆娑. 風動桃園舞落花.
獨倚小欄無夢寐, 遙聞江渚採菱歌.

■

1. 원문의 채릉은 악부 「청상곡」의 이름인데, 「채릉가」, 「채릉곡」이라고
도 한다.

2.

바람이 비단 휘장 펄럭여 달이 창 안을 들여다보는데
나 혼자 거문고 껴안고서 외로운 등잔불과 벗하고 있네.
꽃 그림자 속 난간에 시름겹게 기대어 앉았노라니
연밥 따는 노래만 서강에 아스라이 울려 퍼지네.

又

風飜羅幕月窺窓. 抱得秦箏伴一釭.
愁倚玉欄花影裡, 暗聞蓮唱響西江.

그림 그려 준 이에게

살아 있는 듯 그린 솜씨 신묘하기도 해라.
날아가는 새 달아나는 짐승 붓끝에서 만들어졌네.
그대가 나를 위해 그려 준 푸른 난새의 그림,
밝은 거울 바라다보듯 오래 되어도 싫지 않아라.

贈畫人

手法自然神入妙, 飛禽走獸落毫端.
煩君爲我靑鸞畫, 長對明銅伴影懽.

한가로이 지내면서

돌밭 초당에 사립문까지 닫고 지내며
꽃 지고 꽃 피는 걸로 계절을 알지요.
산속에는 사람도 없는데 해가 정말 길기도 해라
구름 끝 바다 멀리서 돛단배가 오네요.

閑居
石田茅屋掩柴扉. 花落花開辨四時.
峽裡無人晴晝永, 雲山烟水遠帆歸.

용안대에 올라[1]

이를 일러 장안의 으뜸가는 호걸이라네
구름 깃발 닿은 곳에 물결도 고요해라.
오늘 아침 임을 모셔 신선 애기 듣노라니
제비는 동풍 맞아 지는 해에 높이 떴네.

登龍安臺

云是長安一代豪. 雲旗到處靜波濤.
今朝陪話神仙事, 燕子東風西日高.

■

1. 김정환이 1807년에 필사한 『매창집』에는 「등용안대(登龍安臺)」가
「정한순찰(呈韓巡察)」이라는 제목으로 실렸고, 제목 아래 "임인년
(1602) 3월 보름에 (순찰사가 도내를) 순찰하다가 (부안에) 이르러 시
를 주고받았는데, 객사에 시판을 걸었다[壬寅三月望, 巡到唱和揭板客
舍]"라는 주가 덧붙어 있다. 그 뒤에 한준겸이 지은 시 「증가기계생(贈
歌妓癸生)」이 제목도 없이 실리고 "우한순찰(右韓巡察)"이라고 기록했
다. "구름 깃발 닿은 곳에 물결도 고요하다"는 구절은 전라감사 한준겸
의 호걸스런 위세를 표현한 것이다.

이즈음에 한씨 성을 가진 전라관찰사로는 1602년 정월에 부임했다가 1603년 8월에 예조참판으로 전임한 한준겸(韓浚謙 1557~1627)이 있다. 한준겸의 문집 『유천유고』 칠언절구에도 매창에게 지어준 시 「증가기계생(贈歌妓癸生)」이 실려 있다.

변산의 맑은 기운이 인물을 잉태해
규수 천년에 설도가 있네.
새 노래 다 듣다보니 맑은 밤이 길어져
복사꽃 가지 위에 달이 높이 떴구나.

邊山淑氣孕人豪. 閨秀千年有薛濤.
聽盡新詞淸夜永, 桃花枝上月輪高.

매창을 당나라 기생 성도(薛濤)에 비유했는데, 설도는 시를 잘 지어 원진(元稹)·백거이(白居易)·두목(杜牧) 같은 시인들과 시를 주고받았다. 이 시에는 "계생은 부안 창녀인데, 시를 잘 짓는다고 세상에 알려졌다 [癸生, 扶安娼女也. 以能詩鳴於世.]"는 소주가 덧붙어 있다.

천층암에 올라

천층 산 위에 그윽이 천년사가 서 있어
상서로운 구름 속으로 돌길이 났네.
맑은 풍경소리 스러지는 속에 별빛 달빛 밝은데
산마다 단풍이 들어 가을 소리가 시끄러워라.

登千層菴

千層隱仃千年寺, 瑞氣祥雲石逕生.
淸磬響沉星月白, 萬山楓葉鬧秋聲.

옛일을 더듬으며

임진 · 계사 두 해 동안 왜적들이 쳐들어왔을 적에[1]
이 몸의 시름과 한이야 그 뉘게 호소하리까.
거문고 옆에 끼고 외로운 난새의 노랠 뜯으며
삼청동에 계실 그대를 서글피 그리워했지요.

憶昔
謫下當時壬癸辰. 此生愁恨與誰伸.
瑤琴獨彈孤鸞曲, 悵望三淸憶玉人.

■
1. 이 시는 유희경과 다시 만났을 때에 예전 일을 되돌아보며 지은 시
라고 생각된다. 임계(壬癸)라는 간지가 그 열쇠인데, 임진왜란이 일어나
며 유희경은 의병으로 종군해 매창과 소식이 끊어졌었다. 적(謫)이라는
글자는 유배 간다는 뜻인데, 유희경은 벼슬하지 못한 종이라서 유배간
적이 없다. 그래서 적(敵)자를 잘못 새긴 게 아닌가 생각된다. 그의 집
은 경복궁과 창덕궁 사이에 있었다.

병들고 시름겨워

독수공방 외로워 병든 이 몸에게
굶고 떨며 사십 년 길기도 해라.
인생을 살아야 얼마나 산다고
가슴속에 시름 맺혀 수건 적시지 않은 날 없네.

病中愁思

空閨養拙病餘身, 長任飢寒四十春.
借問人生能幾許, 胸懷無日不沾巾.

헤어지면서 드림

일이 벌써 이렇게 됐으니 슬퍼도 참아야지요.
임께선 반생 동안 그림 배우기에만 공들이시는군요.
날이 밝으면 훌쩍 떠나 버리신 뒤에
어디로 떠돌아 다니실는지 모르겠네요.

贈別

堪嗟時事已如此, 半世功夫學畫油.
明日浩然歸去後, 不知何地又羈遊.

규방 속의 원망

1.
헤어진 슬픔 너무 서러워 문 닫고 앉았노라니
비단옷 소매에는 님의 몸내 없고 눈물 자욱만 얼룩졌네.
홀로 지내는 깊은 규방을 찾는 이 없어 고즈넉한데
저녁놀에 잠긴 뜨락 가득 가랑비가 내리네.

閨怨
離懷悄悄掩中門, 羅袖無香滴淚痕.
獨處深閨人寂寂, 一庭微雨鎖黃昏.

2.
그립고 안타깝지만 말도 못하고
하룻밤 시름으로 머리만 세었어라.
이 몸의 괴로움을 알고 싶거든
얼마나 헐거워졌나 금가락지를 한번 보소.

又
相思都在不言裡. 一夜心懷鬢半絲.
欲知是妾相思苦, 須試金環減舊圍.

월명암[1]에 올라서

하늘에 기대어 절간을 지었기에
풍경 소리 맑게 울려 하늘을 꿰뚫네.
나그네 마음도 도솔천에나[2] 올라온 듯
『황정경』을[3] 읽고 나서 적송자를 뵈오리라.[4]

登月明庵

卜築蘭若倚半空. 一聲淸磬徹蒼穹.
客心怳若登兜率, 讀罷黃庭禮赤松.

■

1. 월명암은 부안군 변산(봉래산)에 있는 암자인데, 신라 신문왕 12년
(692)에 부설거사(浮雪居士)가 창건했다고 한다. 조선시대에는 임진왜란
을 겪은 선조 25년(1592)에 진묵대사(震黙大師)가 중건하고, 현종 14년
(1673)에 성암화상(性庵和尙)이 확장하였다. 한말에 의병들이 이곳을
근거지로 하여 일본군과 맞서 싸우다가 1908년에 모든 건물들이 불타
없어진 것을 중고선사(中故禪師)가 1914년에 재건했지만, 한국전쟁 중
에 다시 불타 없어졌다. 지금의 건물은 1999년에 부임한 주지 천곡(天
谷)이 재건한 것이다. 부설거사의 연기설화를 기록한 『부설전(浮雪傳)』
이 지방유형문화재 제140호로 전해진다. 대한불교 조계종 소속이며, 주
소는 전라북도 부안군 변산면 중계리 산 96-1이다.

■

2. 내·외 두 도솔사가 있다. 이곡의 시에 "산 찾는 것이 신선 찾기 위함은 본시 아니었지만, 천리를 유람함이 어찌 우연이겠나? 호겁(浩劫)이 인연 되어 내원(內院)으로 돌아와서 상방(上方) 세계에서 모든 하늘에 고백한다. 학이 와서 바위머리에 각(閣)을 일찍 지었고, 용은 가도 돌틈의 샘물 아직도 남아 있다. 심히 부끄럽다. 향산 백거사(백거이)처럼 결사(結社)를 못했는데, 머리 이미 희었구나" 하였다. -『동국여지승람』 제34권 「부안현」 도솔사.

도솔천은 범어 tusita의 음역인데, 욕계(欲界) 육천(六天)의 제4천이다. 미륵보살이 머무는 정토인 내원(內院)과 천상의 중생이 사는 외원(外院)으로 나뉜다. 월명암이 변산 높은 곳에 있어 도솔사라고도 하였다.

3. 「황제내정경(黃帝內庭經)」과 「황제외정경」으로 나뉘어져 있는 도가의 경전인데, 양생서(養生書)이다. 『당서』 「예문지(藝文志)」에 "노자(老子)『황정경』 1권"이라고 기록되어 있다. 신선이 잘못 읽으면 인간 세상으로 귀양온다고 한다.

4. 『매창집』 원본에는 이 시 다음에 「윤공비(尹公碑)」라는 작품이 실려 있지만, 매창의 시가 아닌데 잘못 실렸다. 여기서는 삭제하고, 이 문제는 부록에서 따로 밝힌다.

한순상[1] 환갑[2] 때 드린 시의 운을 받아서

1.
이곳 땅은 삼신산에[3] 가까이 닿았고
시냇물도 약수[4] 삼천리에 통했네요.
벌들은 따스한 봄날 노닐며 날고
새로 온 제비도 맑은 바람 속에 지저귀네요.
사뿐히 춤을 추어 꽃 그림자를 흔들리게 하고
고운 노래를 불러 푸른 하늘에 메아리치네요.
서왕모의 반도를[5] 올려 장수를 빌며,
술잔을 높이 들어 환갑을 축수합니다.

伏次韓巡相壽宴時韻
地接神山近, 溪流弱水通.
遊蜂飛暖日, 新燕語淸風.
妙舞搖花影, 嬌歌響碧空.
蟠桃王母壽, 都在獻盃中.

■
1. 순상(巡相)은 순찰사(巡察使)인데, 이즈음에 한씨 성을 가진 전라관찰사로는 1603년에 부임한 한준겸(韓浚謙 1557~1627)이 있다. 한준겸의 문집 2.『유천유고』에 매창에게 지어준 시 「증가기계생(贈歌妓癸生)」이 실려 있다.

수연(壽宴)이라 했지만, 한준겸의 생년을 미뤄보면 환갑이 아니라 생일잔치였을 것이다. 차운시라고 했는데, 누가 원운(原韻)을 지었는지는 알 수 없다. 한준겸의 문집 『유천유고(柳川遺稿)』 오언율시에 「영월군문자규유감(寧越郡聞子規有感)」이라는 시가 실렸는데, 통(通)·풍(風)·공(空)·중(中) 자를 운으로 썼다. 누군가 이 운을 원운으로 삼아 먼저 지어서 한준겸에게 바치자, 매창도 그 운을 받아 이 시를 지은 듯하다. 여관집에서 고향으로 돌아갈 생각을 하는 것을 보면 전라감영이 있던 전주로 불려가서 시를 지었을 것이다.

3. 부안에 있는 변산(邊山)을 봉래산이라고도 하는데, 삼신산 가운데 하나이다.

4. 봉린주(鳳麟洲)는 서해 가운데 있는데, 땅이 사방 천오백 리이다. 사면을 약수가 에워쌌는데, 기러기 털도 뜨지 않아 건너갈 수가 없다. -『해내십주기(海內十洲記)』

물의 힘이 너무 약해서 배를 띄울 수 없다는 뜻으로 붙여진 전설 속의 강 이름인데, 감숙성, 섬서성 등에도 있다.

5. 7월 7일에 서왕모가 내려와서 선도복숭아 네 개를 무제(武帝)에게 주었다. 무제가 먹고나서 그 씨를 거둬 심으려 하자, 서왕모가 말했다.

"이 복숭아는 삼천년에 한 번 열매가 열립니다. 중하(中夏)는 땅이 척박해서, 심어도 열리지 않습니다."

그러자 황제가 그만두게 하였다. -「무제내전(武帝內傳)」

2.

파랑새도 날아오지 않고
강남에는 기러기 그림자 차가와라.
푸른 풀잎에도 시름이 쌓였고
지다 남은 꽃잎에는 원한이 맺혔어라.
구름 너머로 돌아갈 생각을 하니
나그네 마음은 꿈속에서만 즐겁네.
여관집 창문엔 찾아오는 이도 없어
말없이 높은 난간에 기대어 섰어라.

又

靑鳥飛來盡, 江南鴈影寒.
愁仍芳草綠, 恨結落紅殘.
歸思邊雲去, 旅情夢裡歡.
客窓人不問, 無語倚危欄.

옛님을 생각하며

봄이 왔다지만 임은 먼 곳에 계셔
경치를 보면서도 마음 평안치 않다오.
짝 잃은 채[1] 아침 화장을 마치고
달 아래에서 거문고를 뜯는다오.
꽃 볼수록 새 설움이 일고
제비 우는 소리에 옛 시름 생겨나니,
밤마다 임 그리는 꿈만 꾸다가
오경 알리는 물시계 소리에 놀라 깬다오.

憶故人

春來人在遠, 對景意難平.
鸞鏡朝粧歇, 瑤琴月下鳴.
看花新恨起, 聽燕舊愁生.
夜夜相思夢, 還驚五漏聲.

■

1. 푸른 봉황을 난(鸞)이라고 한다. 난새는 제 짝이 있어야만 기뻐하므
로, 짝 잃은 난새가 거울을 보면 춤을 춘다. 그래서 난새를 새긴 거울을
화장할 때에 많이 썼다.

신선세계에 올라

1.
천년 이름난 도솔사에
올라 보니 하늘나라와 통했네.
환한 빛은 저녁해에 더 일어나고[1]
높은 산언덕은 연꽃처럼 흩어져 있네.
용은 깊은 연못에[2] 숨었고
학은 늙은 소나무에 깃 들였는데
생황 소리가 산협의 밤에 메아리쳐서
새벽 종소리 울리는 것도 아지 못했네.

仙遊

千載名兜率, 登臨上界通.
晴光生落日, 秀嶽散芙蓉.
龍隱宜深澤, 鶴巢便老松.
笙歌窮峽夜, 不覺響晨鍾.

■
1. 월명암 뒤에 낙조대가 있는데, 월명낙조(月明落照)는 변산팔경 가운
데 하나이다.
2. 월명암 아래 직소폭포가 있는데, 역시 변산팔경 가운데 하나이다.

2.

삼신산[3] 신선들이 노니는 곳
푸르른 숲속에 절간이 있구나.
구름에 잠긴 나무에선 학이 울고
눈에 덮인 봉우리에선 원숭이도 우네.
자욱한 안개[4] 속에 새벽달이 희미하고
상서로운 기운은 하늘 가득 어리었으니
푸른 소 타고 속세를 등진 나그네가[5]
신선 적송자에게 예한들 어떠랴.

■
3. 월명암이 자리잡은 봉래산(변산)이 삼신산 가운데 하나이다.
4. 월명무애(月明霧靄), 즉 월명암의 자욱한 안개도 변산팔경 가운데 하나이다.
5. 노자의 성은 이씨이고, 이름은 이(耳)이며, 자는 백양(伯陽)인데, 진나라 사람이다. 은나라 때에 태어나 주나라에서 주하사(柱下史) 벼슬을 하였다. 정기를 보양하기 좋아하여, (다른 사람으로부터 정기를) 받아들이고 내보내지 않는 것을 귀하게 여겼다. 수장사로 전임되어 80여년을 지냈는데, 『사기』에는 "200여년"이라고 되어 있다. 당시에는 은군자로 불렸으며, 시호는 담(聃)이라고 했다.
공자가 주나라에 이르러 노자를 만나보고는 그가 성인임을 알아, 곧 그를 스승으로 삼았다. 나중에 주나라의 덕이 쇠하자 푸른 소가 끄는 수레를 타고 떠나 대진국(大秦國)으로 들어가는 길에 서관(함곡관)을 지나게 되었는데, 관령(關令) 윤희(尹喜)가 기다렸다가 그를 맞이한 뒤에 진인(眞人)임을 알고는 글을 써 달라고 억지로 부탁하였다. 그래서 (노자가) 『도덕경』 상·하 2권을 지었다. - 유향 『열선전(列仙傳)』
"푸른 소 탄 나그네"는 『열선전』에 소개된 노자의 모습인데, 속세를 떠나는 사람을 뜻한다.

又

三山仙境裡, 蘭若翠微中.
鶴唳雲深樹, 猿啼雪壓峰.
霞光迷曉月, 瑞氣映盤空.
世外靑牛客, 何妨禮赤松.

3.
서로 만나 술잔을 나누는데
동풍까지 불어와 물색이 화려해라.
연못가의 버들은 푸르게 드리웠고
난간 앞의 꽃들은 붉게 흩어졌네.
외로운 학은 물가로 돌아오고
날 저문 모래밭엔 저녁노을 스러지는데,
술잔을 맞들고서 마음을 주고받지만
날이 밝으면 하늘 끝에 가 있으리.

又

樽酒相逢處, 東風物色華.
綠垂池畔柳, 紅綻檻前花.
孤鶴歸長浦, 殘霞落晚沙.
臨盃還脈脈, 明日各天涯.

부여 백마강에서 놀며

강가 마을 초가집을 찾아들자
연꽃도 진 연못에는 국화만 피었구나.
갈가마귀 석양 속 고목에 울며
기러기는 가을 기운을 띠고 강을 건너네.
서울의 시속 많이 변했다고 말하지 마오
인간세상 일이라면 듣고 싶지 않아라.
술잔 앞에 놓고 한번 취하길 사양하지 마오
호탕하던 신릉군[1]도 무덤 속에 있다오.

遊扶餘白馬江

水村來訪小柴門. 荷落寒塘菊老盆.
鴉帶夕陽啼古木, 鴈含秋氣渡江雲.
休言洛下時多變, 我願人間事不聞.
莫向樽前辭一醉, 信陵豪貴草中墳.

■
1. 전국시대 위나라 소왕(昭王)의 아들. 식객이 삼천 명이나 되었는데,
그 가운데는 별별 재주꾼이 다 있어서 그를 도왔다. 그가 현명하다고
소문났으므로, 제후들이 위나라를 치지 못했다.

조롱속에 갇힌 학

새장 속에 갇힌 뒤로 돌아갈 길 막혔으니
곤륜산 어느 곳에 낭풍[1]이 솟았던가.
푸른 들판에 해가 지고 푸른 하늘도 끊어진 곳
구씨산 밝은 달은 꿈속에서도 괴로워라.
짝도 없이 야윈 몸으로 시름겹게 서 있으니
황혼녘에 갈가마귀만 숲 가득 지저귀네.
긴 털 병든 날개가 죽음을 재촉하니
슬피 울며 해마다 깊고 먼 늪을[2] 생각하네.

籠鶴

一鎖樊籠歸路隔, 崑崙何處閬風高.
靑田日暮蒼空斷, 緱嶺月明魂夢勞.
瘦影無儔愁獨立, 昏鴉自得滿林噪.
長毛病翼推零盡, 哀唳年年憶九皐.

■
1. 신선이 사는 곳. 요지(瑤池)와 함께 곤륜산에 있다.
2. 깊고 먼 늪에서 학이 우니
  그 소리가 들판에 들리네.
    鶴鳴于九皐, 聲聞于野. ―『시경』소아「학명(鶴鳴)」
구고(九皐)는 구불구불 깊고 먼 늪이다. 「학명」에서 멀리까지 들리는 학
의 울음소리는 은자가 숨어 살더라도 그의 덕과 이름이 널리 퍼진다는
뜻이다.

마음속을 그려 보인다

무릉도원의[1] 신선과 언약을 맺을 제는
오늘처럼 처량케 될 줄 어찌 알았으랴.
남모를 그리운 정 거문고에 얹으니
천만 갈래 생각이 한 곡조에 실려지네.
티끌 세상엔 시비가 바다같이 많고
규방의 밤은 길기도 해서 일년 같아라.
남교에[2] 날 저물어 또다시 돌아다봐도
푸른 산만 첩첩이 눈앞을 가리는구나.

寫懷

結約桃源洞裡仙. 豈知今日事凄然.
幽懷暗恨五絃曲, 萬意千思賦一篇.
塵世是非多若海, 深閨永夜苦如年.
藍橋欲暮重回首, 靑疊雲山隔眼前.

■
1. 진(晉)나라 때에 무릉에 사는 한 어부가 시냇물에 복사꽃이 흘러오는 것을 보고 상류로 거슬러 올라가다가 바깥 세계와 떨어져 사는 마을을 발견하였다. 복사꽃이 만발한 이 마을 사람들은 진시황의 폭정을 피해서 숨어 들어왔다는데, 그 뒤로 세월이 얼마나 흐르고 왕조가 어떻게 바뀌었는지 아무도 몰랐다. 평화로운 마을에서 대접을 받고 돌아온 어부가 군수에게 보고한 뒤에 다시 그 마을을 찾아가려 했지만 길을 알 수가 없었다고 한다. 이 이야기를 도연명이 듣고 「도화원기」를 지은 이래, 무릉의 도원이 많은 문인들의 작품 소재가 되었다.
2. 배항(裴航)은 당나라 장경 연간에 급제했다. 악저(鄂渚)에서 놀다가 배를 빌려서 돌아오는데, 경국지색인 번부인과 함께 탔다. 여종 요연에게 시를 지어 전하자, 번부인이 시를 지어 답하였다.

　옥즙을 한번 마시면 온갖 생각이 들리니
　선약을 다 찧으면 운영을 보리라.
　남교(藍橋)가 바로 신선 되는 길이니
　어찌 힘들여 옥경으로 올라가야만 하랴.

　그 뒤에 배항이 남교역을 지나다가 길가 초가집에서 한 할미가 길쌈하는 것을 보았다. 항이 목말라 물을 청했더니, 할미가 운영을 불러서 물 한 사발을 주어 마시게 했다. 항이 운영을 보니 얼굴 모습이 세상에 뛰어났다. 그 물을 마셨더니 바로 옥즙이었다. 그래서 이 여자를 아내로 맞고 싶다고 말하자, 할미가 말했다.
"어제 신선이 약 한 숟갈을 주면서 반드시 옥절구에 빻으라고 했소. 그대가 운영에게 장가들고 싶으면, 옥절구를 구해서 100일 동안 약을 빻으시오. 그러면 장가들 수가 있소."
항이 옥절구를 구해 빻고는, 드디어 운영에게 장가들었다. 그제서야 번부인의 이름이 운교(雲翹)인데 운영의 언니라는 것과, 유강의 아내라는 것을 알게 되었다. 그 뒤에 배항 부부는 함께 옥봉으로 들어가 단약을 먹고, 신선이 되어 사라졌다. 『상우록(尙友錄)』에 이들의 이야기가 실려 있다.

벗에게

일찍이 동해에 시선이 내렸다던데
구슬 같은 글귀를 보니 그 뜻이 서글퍼라.
구령 선인 노닐던 곳을 얼마나 생각했던가
삼청세계 심사를 장편으로 지었네.
술단지 속의 세월은 차고 기울지 않지만
속세의 청춘은 젊은 시절도 잠시일세.
먼 훗날 상제께로 돌아가거든
옥황 앞에 맹세하고 그대와 살리라.

贈友人

曾聞東海降詩仙. 今見瓊詞意悵然.
緱嶺遊蹤思幾許, 三淸心事是長篇.
壺中歲月無盈缺, 塵世靑春負少年.
他日若爲歸紫府, 請君謀我玉皇前.

매창을 위하여

1. 『매창집』 「발문」

계생(桂生)의 자는 천향(天香)인데, 스스로 매창이라고 호를 지어 불렀다. 부안현 아전이던 이탕종(李湯從)의 딸이다. 만력 계유(1573)에 나서 경술(1610)에 죽으니, 나이 서른여덟이었다. 평생 노래 부르기와 시 읊기를 잘했다. 시 수백 편이 한때 사람들 입에 오르내리더니, 지금은 거의 흩어져 없어졌다. 숭정 후 무신년(1668) 10월에 아전들이 외며 전하던 여러 형태의 시 58수를 얻어 개암사에서 목판에 새긴다 ……

— 무신년 12월 개암사에서 개간한다.

2. 매창이뜸 비문 「명원이매창지묘(名媛李梅窓之墓)」

여인의 이름은 향금이요 호는 매창인데, 정덕 계유년(1513)에 태어났다. 자라면서 시와 문장을 잘했고, 그 문집이 간행되어 세상에 전한다. 가정 경술년(1550)에 죽었는데, 만력 을미년(1595)에 비석을 세웠다. 삼백 년의 세월이 지나자 글자의 획이 벗겨지고 떨어졌으므로, 다시 고쳐 돌을 세우고 거듭 그의 행적을 적는다.

　　　　　 — 정사년(1917) 3월에 부풍시사(扶風詩社)가 세우다.

■
* 매창이 태어난 해와 죽은 해에 대한 이 기록의 연대는 한 갑자(甲子)씩, 즉 60년씩 올려진 채로 적혔다. 1917년에 다시 세우면서, 예전의 비석이 너무 낡아서 잘못 읽었던 것 같다.

3. 매창에게 보내 준 유희경의 시

처음 만난 날 계랑에게

남국의 계랑 이름 일찌기 알려져서
글 재주 노래 솜씨 서울까지 울렸어라.
오늘에사 참 모습을 대하고 보니
선녀가 떨쳐입고 내려온 듯하여라.

贈癸娘

曾聞南國癸娘名. 詩韻歌詞動洛城.
今日相看眞面目, 却疑神女下三淸.

계랑을 놀리며

버들꽃 붉은 몸매도 잠시 동안만 봄이라서
고운 얼굴에 주름이 지면 고치기 어렵다오.
선녀인들 독수공방 어이 참겠소
무산에 운우의 정 자주 내리세.

戲贈癸娘

柳花紅艶暫時春. 撻髓難醫玉頰顚.
神女不堪孤枕冷, 巫山雲雨下來頻.

길 가면서도 생각나네

님과 한번 헤어진 뒤로 구름이 막혀 있어,
나그네 마음 어지러워 잠 못 이루네.
기러기도 오지 않아 소식마저 끊어지니
벽오동 잎에 찬 비 소리 차마 들을 수 없어라.

途中憶癸娘

一別佳人隔楚雲. 客中心緒轉紛紛.
靑鳥不來音信斷, 碧梧涼雨不堪聞.

계랑이 보고 싶어

그대의 집은 부안에[1] 있고
나의 집은 서울에 있어,
그리움 사무쳐도 서로 못 보고
오동나무에 비 뿌릴 젠 애가 끊겨라.

懷癸娘

娘家在浪州. 我家住京口.
相思不相見, 腸斷梧桐雨.

---

1. 원문의 낭주는 부안군의 한 지역이다. 고려 때 보안현이 한때 낭주
라고 불렸는데, 조선 태종 14년(1414)에 보안현과 부령현을 합병해 부
안현이라고 했다. 현재 부안군 보안면 일대가 낭주의 중심지이다.

너무 늦게야 매창을 다시 만나고는

옛부터 님 찾는 것은 때가 있다 했는데
시인께선[1] 무슨 일로 이리도 늦으셨던가.
내 온 것은 님 찾으려는 뜻만이 아니라
시를 논하자는 열흘 기약이 있었기 때문이라오.

重逢癸娘

從古尋芳自有時. 樊川何事太遲遲.
吾行不爲尋芳意, 唯趁論詩十日期.

* 내가 전주에 갔을 때 매창이 날더러 열흘만 묵으면서 시를 논했으면
좋겠다고 했길래, 이렇게 쓴 것이다. (원주)
1. 원문의 번천(樊川)은 당나라 시인 두목(杜牧)의 호이다.

우리 즐기던 것도 옛이야기여라

헤어진 뒤로는 다시 만날 기약 하지를 못해,
초나라 구름 진나라 나무가 꿈속에서도 그리워라.
어느 때에야 우리 함께 동쪽 누각에 기대어 달을 보랴.
전주에서 술에 취해 시 읊던 일이나 이야기할 밖에.

寄癸娘
別後重逢未有期. 楚雲秦樹夢想思.
何當共倚東樓月, 却話完山醉賦詩.

4. 매창을 한준겸의 생일잔치에 초청한 임서 의 시

봉래산 소식 까마득해 전하기 어려우니
봄바람에 나 홀로 생각 아득해지네.
아름다운 사람은 어찌 지내시는지
요지 술자리에 선녀 오시기를 기다리네.

蓬山消息杳難傳. 獨向東風思惘然.
爲報佳人無恙否, 瑤池席上待回仙.

■
* 백호(白湖) 임제(林悌)의 사촌아우인 임서(林㥠 1570~1624)가 매창을 한준겸의 생일잔치에 초청하는 시 「기부풍계랑(寄扶風桂娘)」을 지었는데, 『석촌유고(石村遺稿)』에 실려 있다. 임서는 이 무렵에 무장현감으로 재직했는데, "(계생을) 수연 자리에 오게 하려고 시를 지어 초청하였다[欲致於壽筵席上, 以詩招之]"라는 주석이 시에 덧붙어 있다. 그렇다면 한준겸의 생일잔치는 부안이 아닌 곳, 상식적으로 전라감영이 있는 전주에서 열렸을 것이다. 이 시는 최승범 교수의 논문 「林㥠의 寄扶風桂娘」을 통해 알게 되었다.

5. 매창이 임서에게 화답한 시

파랑새가 날아와 편지 전하니
병중에도 시름겨운 생각 더 서글퍼지네.
거문고 타고나도 알아주는 사람이 없어
장사에 가서 적선이나 찾아 뵈어야겠네.

靑鳥飛來尺素傳. 病中愁思轉悽然.
瑤琴彈罷無人識, 欲向長沙訪謫仙.

■
* 매창이 화답한 이 시는 『매창집』에 실려 있지 않고, 임서의 『석촌유
고(石村遺稿)』에만 실려 있다. 그러나 매창이 이 시를 지은 정황도 분명
하고, 시어나 시상도 매창의 시가 분명하다.
조선시대 태종 17년(1417)에 무송현과 장사현이 합해 무장현이 되었는
데, 임서가 무장현감이었으므로 매창이 "장사로 찾아가겠다"고 하였다.
무장현은 지금 부안군 옆에 있는 고창군 무장면 일대이다. 적선(謫仙)은
당나라 시인 하지장(賀知章)이 이백(李白)을 처음 보고 표현한 말인데,
이 시에서는 물론 시인 임서를 가리킨다.

6. 계생을 노래한 이원형의 시

부안의 기생 계생은 시를 잘 짓고 노래와 거문고도 잘하였는데, 그와 가깝게 지낸 태수가 있었다. 태수가 떠나간 뒤에, 고을 사람들이 비석을 세워서 그를 사모하였다. 어느 날 밤 달도 밝은데, 계생이 비석 옆에서 거문고를 뜯으며 긴 노래로 하소연하였다. 이원형이란 사람이 지나가다가 보고서 시를 지었다.

한 가락 거문고를 뜯으며 자고새를 원망하는데,
거친 비석은 말이 없고 달마저 외로와라.
그 옛날 현산에 세웠던 남녘 정벌의 비석에도
또한 아름다운 여인이 있어 눈물 흘렸나.

一曲瑤琴怨鷓鴣. 荒碑無語月輪孤.
峴山當日征南石, 亦有佳人墮淚無.[1]

그때 사람들이 절창이라고 하였다. 이원형은 나의 관객(館客)이다. 젊어서부터 나와 이재영과 함께 지냈으므로 시를 지을 줄 알았다. 다른 작품 가운데에도 또한 좋은 것이 있었고, 석주 권필은 그 사람됨을 좋아하여서 칭찬하였다.

－ 허균 『성수시화』[86]

---

1. 이 시는 현재 『매창집』의 마지막 장에 「윤공비(尹公碑)」라는 제목으로 실려 있지만 매창이 지은 시가 아니다. 허균이 위에서 밝힌 것처럼 이원형이란 친구가 매창의 모습을 보고 지은 시인데, 매창의 시라고 잘못 알려져서 문집에까지 실리게 되었다.

7. 매창에게 보내준 허균의 편지

계랑에게

계랑이 달을 바라보면서 거문고를 뜯으며 「산자고새」의 노래를 불렀다니, 어찌 그윽하고 한적한 곳에서 부르지 않고 윤공의 비석[1] 앞에서 부르시어 남들의 놀림거리가 되셨소. 석 자 비석 옆에서 시를 더럽혔다니, 이는 낭의 잘못이오. 그 놀림이[2] 곧 나에게 돌아왔으니 정말 억울하외다.

요즘도 참선을 하시는지.

그리움이 몹시 사무친다오.

　　　　　　　　　　　　　　－ 기유년(1609) 정월 허균

■

1. 원문의 윤비(尹碑)라는 두 글자만 가지고는 번역하기 힘든데, 전임 부안현감 윤선(尹銑 1559~1639)의 선정비를 가리킨다. 윤선은 1601년 11월에 부안현감(종6품)으로 부임해 선정을 베풀고 이듬해 10월에 사헌부 장령(정4품)으로 승진한 목민관인데, 선조실록 1603년 3월 23일 기사에 전라도 암행어사 목장흠이 "윤선에게 표리(表裏)를 하사하라"고 보고한 기록이 실려 있다. 문집과 실록의 연대가 맞지는 않지만, 그가 부안에서 선정을 베풀어 주민들이 선정비를 세운 사실이 행장에도 실려 있다.
2. 그 놀림이란, 앞장의 기록이 잘못 퍼져서, 매창(계생)이 허균을 그리워하며 울었단 소문으로 퍼졌기 때문이다.

계랑에게

봉래산의 가을빛이 한창 짙어 가니, 돌아가고픈 생각이 문득문득 난다오. 내가 자연으로 돌아가겠단 약속을 저버렸다고 계랑은 반드시 웃을 거외다.

우리가 처음 만난 당시에 만약 조금치라도 다른 생각이 있었더라면, 나와 그대의 사귐이 어찌 10년 동안이나 친하게 이어질 수 있었겠소.

이젠 진회해(秦淮海)[1]를 아시는지. 선관(禪觀)을 지니는 것이 몸과 마음에 유익하다오. 언제라야 이 마음을 다 털어놓을 수 있으리까. 편지 종이를 대할 때마다 서글퍼진다오.

— 기유년(1609) 9월 허균

■
1. 송나라 때 시인. 이름은 진관(秦觀)이지만, 진회해라고 더 잘 알려졌다. 비분강개한 시를 많이 지었으며, 소동파에게 천거되어 벼슬을 얻었다. 바른말을 즐겨 하다가, 불경(佛經)을 베꼈다는 것이 드러나 쫓겨났다.

8. 권필이 매창에게 지어준 시

선녀같은 자태가 풍진 세상에 어울리지 않아
홀로 거문고 껴안고 늦은봄을 원망하네.
줄이 끊어지면 애도 끊어지니
세상에 소리 알아주는 사람 찾아보기 어렵네.

贈天香女伴
仙姿不合在風塵. 獨抱瑤琴怨暮春.
絃到斷時腸亦斷, 世間難得賞音人.

* 석주(石洲) 권필(權韠 1569~1612)이 부안에서 지은 시가 여러 편인데, 매창에게 지어준 시는 이 한 편이다. 대부분의 사대부들이 매창을 기생, 또는 창녀라고 표현했지만, 그는 '여반(女伴)'이라고 표현해 존중한 느낌을 주었다.

천향은 매창의 자인데, "선녀 같은 자태가 풍진 세상에 어울리지 않는다"는 첫 구절부터 다른 기생과 다르게 살았던 매창의 모습을 잘 보여준다. 거문고 껴안고 늦은봄을 원망하는 자태가 거문고를 뜯으며 「산자고」의 노래를 부르던 매창의 모습 그대로인데, 다만 철이 늦은봄이라는 것만 다를 뿐이다. 이 시는 매창이 윤공비 앞에서 「산자고」의 노래를 부르는 모습을 보고 이원형이 「윤공비」 시를 짓던 때보다 한두 달 뒤의 모습이지만, 권필이 이 시기에 매창을 만났다는 사실은 분명히 입증되었다. 게다가 『석주집』 권7에는 권필이 이 시를 짓기 두어 해 전에 이원형의 시 「탄금(彈琴)」에 차운해 지은 「차이사상탄금운(次李士常彈琴韻)」도 실려 있어, "석주(石洲)가 그 사람됨을 좋아하여 칭찬하였다"는 허균의 말도 신빙성이 있다. 이 시기 세 사람의 얽힌 관계를 미루어, 「윤공비」는 매창이 지은 게 아니라 이원형이 지었으며, 매창이 그리워하고 원망한 사람은 허균이 아니었다는 사실을 권필만이 알아줄 거라는 「성수시화」의 기록이 사실임이 분명하다.

9. 매창의 죽음을 슬퍼하며[1]

- 허균

아름다운 글귀는 비단을 펴는 듯하고
맑은 노래는 구름도 멈추게 하네.
복숭아를 훔쳐서 인간세계로 내려오더니
불사약을 훔쳐서 인간무리를 두고 떠났네.
부용꽃 수놓은 휘장엔 등불이 어둡기만 하고
비취색 치마엔 향내가 아직 남아 있는데,
이듬해 작은 복사꽃 필 때쯤이면
그 누구가 설도[2]의 무덤 곁을 찾아오려나.

哀桂娘

妙句堪擒錦, 淸歌解駐雲.
偸桃來下界, 窃藥去人群.
燈暗芙蓉帳, 香殘翡翠裙.
明年小桃發, 誰過薛濤墳.

■

1. 계랑은 부안의 기생이다. 시를 잘 짓고 문장을 알았으며, 노래와 거문고도 또한 잘하였다. 성품이 고결해서 음란한 짓을 즐기지 않았다. 내가 그 재주를 사랑하여서 거리낌없이 사귀었다. 비록 우스갯소리를 즐기긴 했지만 어지러운 지경에까지 이르진 않았다. 그러므로 우리의 관계가 오래 되어도 시들지 않았다. 지금 그가 죽었다는 소식을 듣고 그를 위해서 한번 울어 준 뒤 율시 두 편을 지어서 슬퍼한다. (원주)

2. 당나라 중기의 이름난 기생. 음률과 시에 뛰어나서 언제나 백낙천, 원진, 두목지 등의 시인들과 시를 주고받았다. 여기에선 매창을 가리킨다.

처절하여라, 반첩여[1]의 부채여
슬프기만 해라, 탁문군[2]의 거문고일세.
흩날리는 꽃잎은 속절없이 시름만 쌓고
시든 난초 볼수록 이 마음 더욱 상하네.
봉래섬엔 구름도 자취가 없고
푸른 바다엔 달마저 벌써 잠기었으니,
이듬해 봄이 와도 소소[3]의 집엔
남아 있는 버들로는 그늘 이루지 못하리라.

凄絶班姬扇, 悲凉卓女琴.
飄花空積恨, 衰蕙只傷心.
蓬島雲無迹, 滄溟月已沈.
他年蘇小宅, 殘柳不成陰.

■
1. 반첩여(班婕妤)는 한(漢)나라 성제(成帝)의 후궁이다. 성제의 사랑을
받다가 조비연(趙飛燕)에게로 총애가 옮겨지자 참소를 당하였다. 장신궁
(長信宮)으로 물러나 태후를 모시게 되었는데, 이때 자기의 신세를 쓸모
없는 가을 부채에 비겨 시를 읊었다.
2. 탁문군(卓文君)이 과부였을 때 사마상여(司馬相如)의 거문고 소리에
반해서 그의 아내가 되었다. 뒤에 사마상여가 무릉의 여자를 첩으로 삼
자, 탁문군이 「백두음(白頭吟)」을 지어서 자신의 신세를 슬퍼하였다.
3. 남제(南齊) 때 전당(錢塘)의 이름난 기생. 뜻이 바뀌어서 기생의 범
칭으로도 쓰인다.

10. 매창뜸

— 이병기

돌비는 낡아지고 금잔디 새로워라
덧없이 비와 바람 오고가고 하지마는
한줌의 향기로운 이 흙 헐리지를 않는다.

梨花雨 부르다가 거문고 비껴 두고
등 아래 홀로 앉아 누구를 생각하는지
두 뺨에 젖은 눈물이 흐르는 듯하구나

羅衫裳 손에 잡혀 몇 번이나 찢었으리
그리던 雲雨도 스러진 꿈이 되고
그 고운 글발 그대로 정은 살아남았다.

[부록]

매창의 시와 생애

연보

原詩題目 찾아보기

매창의 시와 생애

매창은 1573년에 부안현의 아전이던 이탕종(李湯從)의 딸로 태어났다. 그해가 계유년이었기에, 달리 이름을 지을 것도 없이 계생(癸生)이라고 불렸다. 기생이 된 뒤에 애칭으로는 계랑(癸娘)이라고도 불렸다.

그의 어머니에 관한 기록은 없는데, 기생이거나 관비(官婢)였을 가능성이 있다. 그는 아버지에게 글을 배웠다고 하는데, 자연스럽게 기생이 될 교육을 받은 것이다. 부안에 전하는 이야기로는 서당에서 아버지에게 한문을 배웠다고도 하며, 시문과 거문고를 곧 익혔다고 한다.

그는 출신 성분 때문에 자연스럽게 기생이 되었다. 그러나 기생이 되었다고 해서 자기의 몸을 아무렇게나 내버린 게 아니라 절개가 곧았다고 한다. 매창이 살았던 조선 중기에는 기생들이 아직 영업을 하는 분위기가 아니라서, 술 취한 손님들이 한번 건드려 보더라도 그는 시를 지어서 쫓아내곤 했다. 지봉 이수광은 그러한 사실을 이렇게 기록했다.

"계랑은 부안의 천한 기생인데, 스스로 매창이라고 호를 지었다. 언젠가 지나가던 나그네가 그의 소문을 듣고는, 시를 지어서 집적대었다. 계랑이 곧 그 운을 받아서 응답하였다.

떠돌며 밥 얻어먹는 법이라곤 평생 배우지 않고
매화나무 창가에 비치는 달그림자만 나 홀로

사랑했다오.
고요히 살려는 나의 뜻을 그대는 아지 못하고
뜬구름이라 손가락질하며 잘못 알고 있구려.

라고 했더니, 그 사람은 서운해 하면서 가버렸다. 계랑은 평
소에 거문고와 시에 뛰어났으므로 죽을 때에도 거문고를 함
께 묻었다고 한다.”

물론 이 시에 나오는 “매화나무 창가”는 글자 그대로 매창
자기 자신을 가리킨다. 고결하고 품위 있는 매화, 찬바람 눈
속에서 꽃피는 매화에다 자신을 견줌으로써 자신의 절개를 지
키고자 했다. 여기에다 ‘창’이라는 글자를 더 넣어 그가 시를
짓고 거문고를 뜯으며 누군가를 기다리는 방의 서정적 분위기
를 보여준다.
　신분이 기생이었던 만큼, 매창에게는 집적거리는 손님이 많
았다. 시를 지어서 점잖게 다가오는 손님도 있었고, 술이 취해
서 강압적으로 덤벼드는 손님도 있었다. 그런 경우에도 매창은
재치로 위기를 넘겼는데, 현재 시화에 가장 많이 전하는 다음
의 시는 매창이 그러한 경우에 지은 시이다.

취한 손님이 명주 저고리를 잡으니,
손길을 따라 명주 저고리 소리를 내며 찢어지네요.
명주 저고리 하나쯤이야 아까울 게 없지만,
임이 주신 은정까지도 찢어졌을까 그게 두려워요.

그가 마음을 주고 또 시를 지어 준 남자로는 촌은(村隱) 유희경(劉希慶)을 첫손가락으로 꼽을 수 있다. 그는 천민이었지만 시인으로 이름을 날렸으며, 또 상례(喪禮)에도 일가견을 가지고 있었다. 그래서 영의정에까지 오른 박순을 비롯해서 많은 양반사대부들이 그와 사귀었다. 매창도 유희경을 처음 만날 때 그의 이름을 알고 있었다. 『촌은집』에는 이런 기록이 있다.

"그가 젊었을 때 부안으로 놀러 갔었는데, 그 고을에 계생이라는 이름난 기생이 있었다. 계생은 그가 서울에서 이름난 시인이라는 말을 듣고는 "유희경과 백대붕 가운데 어느 분이십니까?"라고 물었다. 그와 백대붕(역시 노예 출신)의 이름이 먼 곳까지도 알려져 있었기 때문이었다. 그는 그때까지 기생을 가까이하지 않았지만, 이때 비로소 파계하였다. 그리고 서로 풍류로써 즐겼는데, 계생도 또한 시를 잘 지어 『매창집』을 간행하였다."[1]

이들이 처음 만난 때는 임진왜란 직전이었던 듯하다. 시인 유희경은 그토록 보고 싶었던 매창을 처음 보는 날 너무 감격스러워서 그에게 시를 지어 주었다.

남국의 계랑 이름 일찌기 알려져서
글 재주 노래 솜씨 서울까지 울렸어라.

---

1) 少遊扶安, 邑有名妓癸生者, 聞君爲洛中詩客, 問曰, "劉白中誰耶" 盖君及大鵬之名動遠邇也. 君未嘗近妓, 至是破戒, 盖相與以風流也. 癸亦能詩. 有梅窓集刊行. 『村隱集』卷2, 南鶴鳴 「行錄」.

오늘에사 참 모습을 대하고 보니
선녀가 떨쳐입고 내려온 듯하여라.

그들이 사랑에 겨워서 주고받은 시들이 많이 전한다. 그러나 이러한 사랑도 오래 계속되지 못하고, 유희경은 서울로 돌아갔다.

그들 사이에 사랑의 다짐이 깊었기에 매창은 그를 기다리며 수절을 했다. 유희경도 원래 예학에 밝았던 군자였기에, 아내 외에 다른 여자를 또 가까이한 기록은 없다. 그의 문집을 보면 길을 가면서도 매창이 그리워 지은 시가 실려 있고, 매창과 노닐던 곳에 다시 들려서 옛일을 그리워하며 지은 시도 실려 있다. 그러나 이러한 시들이 매창에게까지 보내지지는 않았었는지, 매창은 한 자 소식도 받지 못한 채 독수공방을 계속하였다.

매창의 그리움은 날로 더해 갔다. 더군다나 임진왜란 동안 의병을 일으키느라고 바빴던 유희경은 매창에게 편지 띄울 겨를도 없었다. 그의 마음이 변하지 않을 것이라는 확신이야 있었지만, 너무나도 그리웠기에 매창은 그를 생각하며 여러 편의 시를 지었다. 그 가운데서도,

梨花雨 흣날릴제 울며 잡고 離別한 님
秋風落葉에 저도 날을 생각는가
千里에 외로운 꿈만 오라가락 하꽤라

라는 시조가 사람들의 입에 가장 많이 오르내린다. 이 시조가 실린 『가곡원류』에는 매창이 이 시조를 지은 사연이 주석으로 덧붙어 있다.

계랑은 부안의 이름난 기생이다. 시를 잘 지었으며, 『매창집』이 있다. 촌은 유희경의 애인이었는데, 촌은이 서울로 돌아간 뒤에 아무런 소식이 없었으므로 이 노래를 짓고는 절개를 지켰다.[2]

유희경이 매창을 다시 만난 기록이 있지만, 먼 뒷날의 일이다. 정을 주는 사람이 없이 살아가던 기생 매창에게 다시 남자가 나타난 것은 이웃 고을 김제군수로 내려온 묵재(黙齋) 이귀(李貴)이다.

이웃 고을의 군수인데다 글재주까지 뛰어난 명문 집안의 사내 이귀에게 매창의 마음이 끌릴 수도 있었을 것이다. 그러나 그 이상의 구체적 기록은 없고, 이귀의 후배였던 허균의 기행문에서 매창을 이귀의 정인(情人)이라고 표현한 것만이 남아 있다. 1601년 3월 21일에 전라도 암행어사 이정험이 김제군수를 탄핵하여, 이귀는 김제를 떠났다. 석 달쯤 뒤에 허균은 해운판관으로 제수되어, 충청도와 전라도의 세미(稅米)를 거둬들이러 남도 지방으로 출장 내려왔다. 허균이 매창을 처음 만난 날은 7월 23일이다.

---

2) 桂娘扶安名妓, 能詩, 出梅窓集, 與劉村隱希慶故人, 村隱還京後, 頻無音信, 作此歌, 而守節.

신축년(1601)··· 7월··· 임자(23일), 부안에 이르렀다. 비가
몹시 내렸으므로, 객사에 머물렀다. 고홍달이 와서 뵈었다.
기생 계생은 이귀의 정인이었는데, 거문고를 끼고 와서 시를
읊었다. 얼굴이 비록 아름답지는 못했지만, 재주와 흥취가
있어서, 함께 얘기를 나눌 만하였다. 하루종일 술을 나눠 마
시며, 서로 시를 주고받았다. 저녁이 되자 자기의 조카딸을
나의 침실로 보내주었으니, 경원하면서 꺼리었기 때문이었
다.

– 허균 「조관기행」에서

아직 이귀와 헤어진 지 서너 달밖에 안 되었기 때문에, 더구
나 매창이 이귀의 연인이었다는 사실을 알고 있는 허균이었기
에, 그토록 마음이 맞아 하루 내내 시와 술을 주고받으며 즐겼
지만, 함께 잠자리에 들지는 않았었다. 그토록 기생들과 노는
것을 즐겼으며, 황해도사로 있을 때에 서울의 창기(倡妓)들을
데려갔다가 파직까지 당했던 허균이었건만, 또 여행할 때마다
몇 명의 기생과 잠자리를 같이하고는 그들의 이름까지 기행문
에다 떳떳하게 밝혔던 그였건만, 심지어는 의주(義州)에서 자
기와 잠자리를 같이한 기생이 열두 명이나 된다고 자랑했던
그였건만, 벗 이귀의 애인인 매창과는 잠자리를 사양했던 것이
다. "함께 얘기를 나눌 만하다"고 기록했으니, 말이 통하는 친
구라고 생각했던 것일까.

허균은 매창을 처음 만나 그의 시를 들은 이날부터 그를 좋
아하였다. 어떤 의미에서는 사랑했다고까지 말할 수 있을 것이

다. 그러나 그를 육체적으로까지 사랑하지는 않았다. 그는 십년 뒤에도 이날의 첫 만남을 기억하면서, "만일 그때에 조금이라도 다른 생각이 들었더라면, 우리가 이처럼 십년씩이나 가깝게 지낼 수 있었겠느냐"고 물었다. 그토록 여자를 좋아했던 허균이었건만, 자기의 고백 그대로 매창과는 끝내 어지러운 지경에 이르지 않았으니, 정신적 연인으로서 서로 사랑을 나눈 것이다.

허균이 자기를 좋아하는 줄 알면서도 그의 몸까지 받아들일 수는 없었기에, 자기 대신 조카딸을 허균의 방으로 들여보내 준 매창의 마음씀새도 또한 놀랍다. 그토록 재주 있는 여인이었기에, 처음 만나자마자 허균과 하루종일 시를 주고받으며 즐겁게 노닐 수 있었을 것이다.

기생의 나이가 서른이 넘어가면 이미 퇴물에 가깝다. 유희경·이귀·허균과 헤어진 뒤로 그에겐 예전처럼 찾아오는 손님도 드물었고, 그도 또한 세상일엔 차츰 관심이 없어졌다. 그러다가 유희경이 다시 전라도 여행길에 올랐기에 그들은 다시 만날 수 있었다. 유희경의 시에서 "정미년간 다행히도 서로 만나 즐겼는데"라는 구절을 보아 1607년에 만났던 것 같다. 이 시기는 유희경과 매창이 처음 만난 지 15년이 넘는 먼 후일이고, 그때까지 이들은 서로를 잊지 못하고 있었던 것이다. 이때 지은 시가 몇 편 남아 있지만, 그들이 이 뒤에 다시 만난 기록은 없다.

1608년에 선조가 죽고 광해군이 임금 자리에 올랐다. 이해에 충청도 암행어사가 수령들의 비위 사실을 조사하러 한 바쥐 돌고나서 계(啓)를 올렸는데, 공주목사 허균은 성품이 경박하고 품행이 무절제하다고 하여 8월에 파직되었다. 그는 예전부터 은둔하려고 눈여겨보아 두었던 부안현 우반 골짜기로 들어가 쉬었다. 평소에도 부안을 여러 차례 지나다니며 여생을 보낼 곳이라고 생각해 왔었기도 했거니와, 매창이 그곳에 있었기에 결심은 그만큼 쉬웠다.

그는 우반동 선계폭포 위에 있던 부사 김청택의 별장 정사암(靜思庵)을 손질해 머물렀으며, 이곳에서 『국조시산』을 비롯한 글을 많이 썼다. 부안 사람들은 허균이 『홍길동전』도 이곳에서 썼다고 생각한다. 연암 박지원의 소설 「허생전」의 무대가 변산인 것만 보아도 알 수 있듯이, 변산에는 도적굴을 비롯한 도적 전설이 많기 때문이다. 허균은 이곳에 농장도 구입하고, 서울에 있던 종들도 머물게 하며 농사를 짓게 했다. 뒷날 허균이 역적으로 처형당할 때에는 부안에서 거사를 준비했다는 의심도 받았다. 물론 허균이 매창 한 사람만 보고 부안으로 내려온 것이 아니라, 가까운 처족 심광세가 마침 부안현감으로 있었기 때문에 이 모든 일이 가능했다.

그러나 이들 사이에 뜬소문이 돌아서, 본의 아니게 허균은 염문에 싸이기도 했다. 매창이 전임 현감 윤선의 선정비 앞에서 거문고를 타며 산자고새 노래를 불렀는데, 매창이 허균을 그리워하며 노래를 불렀다는 소문이 난 것이다. 그래서 매창에게 편지를 보내어, 그 허물을 넌지시 꾸짖기도 했다. 이들의 사귐이 깊어 가면서, 매창도 허균의 영향을 받아 참선을 하기 시작했다.

그러나 다음해에 허균은 중국 사신을 맞으러 다시 서울로 불려갔다. 그곳에서 매창을 그리워하며 보낸 편지에 의하면, 허균은 끝내 손을 뻗지 않았던 매창과의 10년 전 첫 만남을 돌이켜 보았다. 정욕을 넘어선 이들의 사귐은 사실상 이들의 대결이기도 했다. 그리고 이들은 자신에게도 상대방에게도 싸워 이겼기에, 10년 동안이나 벗으로 사귈 수 있었다. 그러나 이때의 만남과 편지가 마지막이었고, 그 다음해에 허균은 매창이 죽었단 소식을 들었다. 그래서 그를 위해 눈물을 흘리며 두 편의 시를 써주었다.

매창은 부안읍에서 남쪽으로 5리 남짓 되는 봉덕리 공동묘지에 묻혔다. 그가 그토록 즐겨 뜯던 거문고도 함께 묻었다. 그 뒤 이곳을 「매창이뜸」이라고 불렀다. 지금의 행정구역으로는 부안읍 봉덕리 4구 교동부락의 공동묘지이다.

그가 죽은 뒤 45년 만에 (을미·1655) 그의 무덤 앞에 비석이 세워졌다. 자손도 없이 세상을 떠나 비석을 세워줄 후손도 없었는데, 부안의 시인들이 돈을 모아 기생 매창의 비석을 세워준 것이다. 그로부터 13년 만에 시집이 출판되었다. 매창이 수백편의 시를 지었다지만 다 없어지고, 그때까지 부안 고을의 아전들이 전해 외던 58편을 모아서 목판에 새긴 것이다. 부안에 전하던 『화원악보(花源樂譜)』에 매창의 시가 500여 수나 실려 있다고 했지만 그 책은 현재 확인할 수가 없으니, 매창의 시는 『매창집』을 통해서만 읽어볼 수 있다.

처음 비석을 세운 뒤에 300년 세월이 흘러 비석의 글자들이 이지러졌으므로, 1917년에 부안 시인들의 모임인 부풍시사(扶

風詩社)에서 높이 4척, 폭 2척의 비석을 다시 세웠다. 그 앞에 「명원이매창지묘(名媛李梅窓之墓)」라고 새겨져 있다.

부풍시사에서 매창의 무덤을 돌보기 전에는 마을의 나무꾼들이 해마다 서로 벌초를 해왔다고 한다. 비록 무식한 나무꾼들이지만, 매창의 거문고와 시를 사랑했기 때문이었다. 남사당이나 가극단·유랑극단이 들어올 때에도 읍내에서 공연을 하기 전에 이곳 매창이뜸 매창의 무덤을 찾아와서 한바탕 굿판을 벌였다.

1974년 4월 27일 매창기념사업회(회장 김태수)에서 성황산 기슭 서림공원에다 매창의 시비(詩碑)를 세웠다. 이 공원은 본디 선화당 후원이니, 매창이 자주 불려갔던 곳이다. 매창이 거문고를 타던 너럭바위에는 '금대(琴臺)'라고 새긴 글자가 아직도 남아 있다. 시비는 여섯 자 높이에 두 자 가량 너비로 흰 대리석 복판 검은 돌에다 '梅窓詩碑' 네 글자가 세로로 새겨져 있다. 그 아래 송지영님의 글씨로 시조가 새겨져 있다.

梨花雨 흩날릴 제 울며 잡고 이별한 님
秋風落葉에 저도 날을 생각는가
千里에 외로운 꿈만 오락가락하여라

— 허미자(전 성신여대 교수·문학박사)

연보

1573년, 부안현의 아전이던 이탕종의 딸로 태어났다. 계유년 태생이므로 계생(癸生·桂生)이라고 불렀다. 아버지에게 한문과 거문고를 배워 기생이 되었다.

1580년대 후반, 진사 서우관(徐雨觀)의 눈에 들어 서울로 따라 올라갔다는 기록이 있다. 그러나 곧 돌아온 듯하다.

1590년 즈음 부안으로 찾아온 노예시인 유희경을 처음 만났다.

1592~1593년, 유희경은 의병활동을 하느라고 매창을 만나지 못했다.

1600~1601년, 김제군수 이귀를 만나 정을 나누었다. 허균은 매창을 '이귀의 정인(情人)'이라고 표현했다.

1601년 3월 21일, 암행어사 이정험의 탄핵을 받고 이귀가 김제군수 벼슬에서 쫓겨났다. 7월 23일, 세금을 걷으러 돌아다니던 허균을 처음 만나, 한나절 시와 거문고를 즐겼다.

1602년 3월, 전라관찰사 한준겸이 도내를 순찰하다가 부안에 이르러 매창과 시를 주고받았다. 객사에 시판을 걸었다.

1603년쯤, 부안현감 윤선이 선정을 베풀다가 사헌부 장령으로 승진해 올라갔다. 부안 주민들이 선정비를 세웠다.

1607년, 유희경을 다시 만나, 함께 이곳저곳을 다니며 즐겼다.

1608년 8월, 공주목사에서 파직된 허균이 부안현 우반골짜기 정사암으로 들어와 쉬었다. 부안에 농장을 구입하고, 종들도 머물게 하였다. 매창도 허균의 영향을 받아 참선을 하기 시작했다. 12월, 허균은 서울에 올라왔다가 큰형의 추천으로 승문

원 판교(정3품 당상관)에 임명되었다.

허균이 떠나간 뒤에 홀로 남은 매창이 성황산에 있는 선정비 옆에서 거문고를 뜯으며 슬픈 노래를 불렀다. 매창과 가깝게 지내던 전임 현감 윤선이 떠나간 뒤에 고을 사람들이 그를 기리는 비석을 세워 주었는데, 매창이 그를 그리워하며 「산자고」(山鷓鴣)의 노래를 불렀던 것이다. 그러나 이 모습을 구경한 고을 사람들에 의해서 '매창이 눈물 흘리며 허균을 원망했다'는 소문이 났다. 매창이 거문고를 타던 바위 금대(琴臺)와 그가 즐겨 마시던 우물[惠泉]이 아직도 성황산 기슭 서림공원에 남아 있다.

1609년 1월, 주위 사람들에게 놀림받은 허균이 매창에게 편지를 보내어서, 비석 앞에서의 사건을 나무랐다. 9월 허균이 부안으로 다시 돌아오겠다던 약속을 지키지 못해 미안하다는 편지를 보내왔다. 10월, 매창이 비석 앞에서 거문고를 타며 노래 부르던 모습을 허균의 친구 이원형이 보고서 시를 지었는데, 그 소문이 잘못 나서 허균(그때 정3품 형조참의)은 세 차례나 사간원의 탄핵을 받았다. 허균이 억울한 마음을 편지로 써서 10월에 이원형에게 보냈다.

1610년 여름, 매창이 죽었다. 유언에 의해서 그의 거문고도 함께 부안 봉덕리에 묻혔다. 후손이 없었으므로 그의 시를 아끼던 나무꾼들이 그의 무덤을 돌보았다. 허균은 그가 죽었단 소식을 듣고서, 율시 두 편을 지어 자기의 슬픔을 달랬다.

1611년 4월. 허균이 유배지에서 「성수시화」를 지으며, 매창의 시를 처음으로 소개하고 평했다.

1655년, 무덤 앞에 비석이 세워졌다.

1668년 10월, 부안현 아전들이 외어 전해지던 58편의 시를 모아서 『매창집』을 엮었다. 이 가운데 「윤공비(尹公碑)」는 매창이 지은 것이 아니라, 비석 옆에서 「산자고」 노래를 부르는 매창의 모습을 보고서 허균의 친구 이원형이 지은 것이다. 12월에 개암사에서 간행하였다. 이병기 선생은 『매창집』의 판각이 최근까지도 개암사에 전한 듯싶다고 했지만, 지금은 찾아볼 수 없다.

1807년, 부안에 대대로 살던 진주 김씨 집안의 선비 김정환이 『매창집』을 필사하며, 목판본에서 볼 수 없는 시와 주석을 덧붙였다.

1917년 3월, 옛비석의 글씨가 이지러졌으므로 부풍시사(扶風詩社)에서 다시 비석을 세웠다.

1974년 4월 27일, 매창기념사업회(회장 김태수)에서 매창이 즐겨 노닐던 성황산 기슭 서림공원에다 매창시비(梅窓詩碑)를 세웠다. 금대(琴臺)와 혜천(惠泉) 한가운데이다. 명창 김월하 선생이 이화우 시조를 불렀다. 아울러 '매창문화제'도 열렸다.

2001년 4월, 부안군에서 매창이뜸 일대 공동묘지의 무덤 천여 기를 이장하고, 명창 이중선과 매창의 무덤만 남겨 5,400평 규모의 매창공원을 완공했다. 매창 기념사업을 주도하는 부안문화원도 이곳에 세웠는데, 부안읍 서외리 567이다.

매창의 문학과 인생을 논한 글 18편과 연보를 부안문화원에서 집대성해 『매창전집』을 간행하였다.

옮긴이 **허경진**은 연세대학교 국어국문학과를 졸업하고,
같은 대학원에서 문학박사 학위를 받았다. 목원대학교 국어교육과 교수와
열상고전연구회 회장을 거쳐, 연세대학교 국문과 교수를 역임했다.
《한국의 한시》 총서 외 주요저서로는 《조선위항문학사》, 《허균 평전》,
《허균 시 연구》, 《대전지역 누정문학연구》,
《성호학파의 좌장 소남 윤동규》 등이 있고,
옮긴 책으로는 《연암 박지원 소설집》, 《매천야록》,
《서유견문》, 《삼국유사》, 《택리지》, 《허난설헌 시집》,
《주해 천자문》, 《정일당 강지덕 시집》 등 다수가 있다.

韓國의 漢詩 14
梅窓 詩集

초   판 1쇄 발행일   1986년 4월 10일
초   판 4쇄 발행일   1997년 5월 15일
개정증보판 1쇄 발행일   2007년 11월 10일
개정증보판 3쇄 발행일   2022년 10월 30일

옮 긴 이   허경진
만 든 이   이정옥
만 든 곳   평민사
            서울시 은평구 수색로 340 〈202호〉
            전화 : 02) 375-8571
            팩스 : 02) 375-8573
            http://blog.naver.com/pyung1976
            이메일 pyung1976@naver.com
등록번호   25100-2015-000102호
ISBN   978-89-7115-713-8   04810
            978-89-7115-476-2   (set)
정   가   10,000원